文芸社セレクション

人生ゲーム

瑠菜
LUNA

文芸社

人生はゲーム。
操縦士は私。
上がるも下がるも自由自在。
だったら自分らしく、面白がりながら、
ゲームを楽しめばいい。

目次

転ばぬ先の知恵

紫桔梗

無知は無邪気、純粋で無垢。

小さい頃のキラキラしていた自分を思い出す。


でもそれは時として残酷なものになる。

昔、紫桔梗の花を買って、その当時お付き合いしていた彼氏のお母さんに差し上げたことがあった。

喜んでもらえたら嬉しい一心でしたことが、まさに一変。

私の中の柔らかで優しい紫桔梗のイメージが、それは仏壇花と化したのだった。


知恵、知識は転ばぬ先の杖になる。

紫桔梗の使い方を知っていれば相手を傷つけずにすんだ。

転んでもそこには意味があるけれど、人生、できれば軽やかに生きていきたい。

中間道

世の中、白黒はっきりさせなくてはいけない事がある。
どちらが正解なのか不正解なのか、二つの選択肢に悩み迷う時がある。

でもちょっと待って！
本当にその選択肢は二つだけ？

今までの固定観念から少し距離をおいた所に立ってみると、
白か黒か、それだけではない選択肢がみえてくる。

グレーの選択肢。

そのままに、分かるその時が来るまで委ねる。
その答えは、いずれ向こうからやって来る。

無意識の選択

あるドラマの話。

自分の嘘に誇りさえ持ち、常に巧みなセールストークで売上はもちろんトップクラスの、とある不動産屋の営業マン。

彼はひょんなことから嘘がつけなくなり、お客様に包み隠さず物件のデメリット情報から、業界の裏側の仕組みまでもさらけ出してしまう。

案の定、成績はガタ落ち。だが最後には、私は嘘がつけない人間です！　と断言し、信頼関係を築くことで成績が復活、そしてみんなが幸せになる、そんなストーリー。

相手にとって不利な情報を隠し、おいしいことばかり畳み掛けてくる心理作戦。

大なり小なり世の中にはよくあることだが、

突き付けられた側は、いったい何を信じたら良いのだろうかと行き先を見失う。

世の中、いろんなことがあるように、いろんな人がいる。

何を選べば正解で、誰の言っていることが正しいのかを探し求める。

答え探しに右往左往する。
その選択が人生を左右する重要なものになると思うから。

ならば、なぜそれを選ぶのか。

WHAT ではなく WHY

何故それなの？
それを探す真理ゲーム。
そして気づく。
本当のことは外側には無い。
内側で感じること、それが本当。

結果がどうあれ、
これでよかったのだと心から思える、納得できる、腑に落ちる、
それが真実。

論点

生きていると、思わず目を背けたくなるような、耳を塞ぎたくなるような様々な事件が起こる。

人はその起こった事に対してそれぞれの思いや考えを持ち、意見する。
やがてそれは、本質から外れた所に目が向けられ、どこどこの誰々がどうしたこうしたと噂話になり、尾ひれはひれが付き、しまいには、事の真相からだいぶ離れた所にスポットが当てられる。

でも、そこで起こっている事の本当の意味はそれ？
外側ばかりに振り回されて、
本質から遠い所にいませんか？
何故そうなったの？　何故それが起こったの？

本当の事は、
外側ではなく内側にある。
起こる事にはすべて意味がある。
はたから見ただけではその理由は分からない。
意味のない事を掻き回すことに、意味はない。

価値観

生きていると、いろんな人との出会いがある。

できれば素敵な人ばかりと出会っていきたいけれど、そうはいかない。

どうしても苦手な人というのが現れる。

心の内では嫌だなぁと思いながらも、何度も仲良くしようと試みたり頑張ったり。

それでも上手くいかない自分を責めたり、はたまた相手の悪いところをほじくり返したり、その溝はますます深まるばかり。


でもよく考えてみて。

どうして合わない人と仲良くしようとするの？

どうしても受け入れられないのでしょう？

そう疑問が湧いてきた。


人にはいつも優しい気持ちでいればいい。

それでも何か言ってくる人とは距離を置く、離れる。

それぞれに持っている価値観、それが合わないだけなのだ。

静かに距離を置く、離れる。

気づいたら、
その空いたスペースに、素敵な人たちが集まっている。

急がば回れ

人は知らず知らずに、
習慣化された思考のパターンといった、思考グセのようなものを持っている。
それらのルーティーンが、人生で何らかのストッパーになっているとしたら、
できれば外して、もっと身軽に生きていきたい。

表裏一体、すべてには表と裏がある。
これまでの思考グセを一旦外して、物事の裏側に光を当ててみる。
すると今まで見えなかった陰の部分に、
思わぬ好転のヒントが隠されていることに気づく。

３６０度、物事の裏側までぐるりと見渡すことで、
外せなかった古い見方に、今までと違った新しい捉え方が加わり、
対局だと思われていた表と裏が融合する。
対立していた二つのものが一つになり、交わることで、

誰にも真似のできないオリジナルが、そこに新たに誕生する。
物事の判断は無限にある。
だから、それからでも遅くはない。

豊かさと戯れる

ひとりピクニック

そうだ、ピクニックに行こう！
そう思い立って、まずはブラックウォッチ柄のマットを買って気分を上げた。
梅雨入りして間もなかったので、いつ実行できるかわからない。
でも、イメージを膨らませて想像する時間もまた楽しい。
遠足の前の晩、うれしくて眠れなかった時のように。

私はひとりで何かをするのが好きだ。
映画とか買い物とかも、自由気ままなおひとり様を楽しむ。

小さい頃、よくシロツメ草を摘みにいった。
ひとしきり摘んでは束ねて、お花のカチューシャをつくる。
それをそっと頭にのせると、途端にお姫様になる。
世界が変わる。
誰も入ることのできない私だけの夢の世界がそこにある。

あぁ、
いつ頃からなくしてしまったのか、自然の中で緑にふれる感覚を。
素足で芝生を駆け回った、あのひんやりとした足裏の感触を。

もっと自分を楽しませてあげよう。

香り

私はルームフレグランスを気分転換によく使う。
以前は、ステファノティスというジャスミン科の白い花のオイルを、ディフューザーに数滴落として、爽やかな香りを楽しんだ。

好きな香りは心地いい。
場の雰囲気をたちまち変える。
魔法にかかったみたいに、一瞬にして気分も変わる。

コロナ禍から落ち着いてきた今、
またちょっと贅沢な気分を味わいたくなってきた。
ステファノティスの瓶の蓋を久しぶりに開けてみたら、不思議なことに、
あんなに好きだった香りが、なんだかちょっとしっくりこない。

気づかないうちに何かが変わってしまっている。

そう、いろんなことに変化があるように嗜好にも変化があるのだ。
ちょっと残念だけれど、また違った香りに出会う楽しみもある。
どんな香りがしっくりくるのか今の自分を感じるバロメーターにもなる。

またひとつ、楽しみが増えた。

自分軸

誰からも好かれる人、そんな人に憧れていた時があった。
愛されキャラは魅力的に映る。
すべての人に慕われる存在。
でもそれを自分に重ね合わせてみたら違和感だらけ。

好きなものは好き、嫌なものは嫌。
少し勇気がいることかもしれないけれど、
今はそれを表に出していく。
嫌なものに無理して付き合うことはない。
おかしいなって思うことに無理して合わせることもない。
変だなと思う人に好かれることもない。
愛されキャラに憧れる、そんな時代からはもう卒業した。

自分磨き

人はその制服通りの人になる。
服は最も自分を変えられる、ひとつの環境である。
と、あのナポレオンも言っている。

偉人の言葉には妙な説得力と重みがある。
確かに、着る服で気分がガラッと変わるものだ。

第一印象は三秒で決まる、との格言もある。
選ぶ服はその人自身を表現する術のひとつになる。

たとえそれが形からであっても、
外見を纏うのは生きやすくする為の大事な要素。
内側磨きも外側磨きも、自分磨きの大事なプロセス。

余白

引っ越しを機に、沢山のものを処分した。
長く使ったインテリアからクローゼットの服や小物まで、
今までにかつてないほどの大がかりな断捨離。

古いエネルギーを手放す！
そして理想の自分にふさわしいと感じるものだけを残す。

不要なものが無くなっていくにつれ、
不思議な感覚がやって来た。

体がスッと軽くなり、
新しいエネルギーが全身にみなぎってくる。
やる気スイッチがオフからオンに切り替わっていく。

空いた余白のスペースに、
まるで新しい風が吹き抜けていくような感覚。

その心地よい風のあとには、
物に支配されない開放感と、
目に入るすべてのものを味わい愛でる豊かさしかない。

美学

美しさの基準。
それは百人百通りで千差万別。

スターバックスに行くたびに、美意識の違いというものを感じる。
溢れんばかりにたっぷりと注がれるコーヒーの量、これはまさにアメリカ的文化。
おおらかさは素敵だけれど、なみなみでこぼれそうだ。
カップに満タンなコーヒーを見るたびに、アメリカンだなぁと思い、クスッとする。

反面、日本茶はかなり対照的だ。
熱湯のお湯を良い加減まで冷まし、茶葉がゆっくり開くのを待ち、
静かに控えめに注がれる。

プラスの美学とマイナスの美学。
足し算と引き算。

美学にまつわる、ある話を思い出す。
千利休の思う美学。
茶庭の枯れ葉をいったんすべて掃いたあと、
そこに意図して、数枚の枯れ葉を散らす美学。
千利休によって創られた世界観。
日本が生み出す美は、奥深く趣深い。

言葉遊び

日本語は美しい。
漢字、ひらがな、カタカナ、
ひとつのことへの表現方法がこんなにある。

同じ意味を英語に変換しようとしても、
しっくりくる単語がなかなか見つからない。

私の好きな言葉。
愛おしい
たおやか

なんて素敵な響きだろう。
心の奥に届く言葉は、
やさしくて、そしてつよい。

繊細な感情を言葉で表現するのはとても難しい。
だから感じていることの全てを伝えるのも難しい。

だったらなおさら、
丁寧に言葉を選んで、
自分らしく伝えたい、自分らしさを表現したい。
嬉しい時も、そうでない時も、どんな時も。
自分らしくありたいと思う。

魔法の言葉

あなたの思考に気をつけましょう。
それはやがて、あなたの言葉になるから。
あなたの言葉に気をつけましょう。
それはやがて、あなたの行動になるから。
あなたの行動に気をつけましょう。
それはあなたの運命になるから。

マザー・テレサ

追えば追うほど逃げていく、
逃げれば逃げるほど追いかけてくる、
手強い人生ゲーム

思　考

妄　想子さんはどこまでも終わりがない。
執　着子さんは名前の通りしつこい。
不　安子さんは耳元から離れやしない。
頭の中にやってくるこれらの人たち。
でもそれは全て思考が創り出した架空の産物と気づく。

妄想は幻想。
執着は視点を変えれば消えて無くなる。
不安の96パーセントは実現しない。

架空の産物に振り回されるな！

比較と焦り

ある事にとらわれる。
ネガティブな感情。
人との比較。
比較から嫉妬がうまれ、じわりじわりと焦りがやってくる。
それはぐるぐる回っては消え、また同じ所をぐるぐる回る。
まさに不毛地帯。
意味のない思考に、終わりのない負の妄想に、
ただただ心が荒れるばかり。
そんな自分を、ふと上から見てみると、
迷路ゲームにどっぷりはまって右往左往している人がいる。
焦れば焦るほど空回り。
わざわざ自ら迷いに向かっているようにさえ見える。

ちょっと笑える。

周波数

ネガティブな感情の捉え方。

衝撃的でちょっと笑える意識改革。


他人によってネガティブな気分にさせられていると感じることは、幻想です。

自分がその周波数を使っているからネガティブな感情が起こっている、と捉えます。


まずは深呼吸、そして同じ土俵に立たない、そうスイッチを切り替えて、土俵の外にいる自分をイメージする。

波動の書き換えがおこなわれる。

違う次元に移動する。


ただ意識を変えるだけで、要らぬ感情とは付き合うこともなくなる。

サイン

人生が一旦止まっているように感じる時がある。
ものごとが大きく変わろうとする時、
その感覚はやって来る。

自分の中の葛藤みたいなものをやめた時、
自分の中の執着を手放した時、
より自由に、より高みへとステージが移行する。
その為に必要なプロセスが水面下でおこなわれているサイン。

あれ？　なにか今、流れが止まっている？
そんな感覚に不安になる。

でもその錯覚は、

見えない領域から現実がついてくるまでのタイムラグ。
止まっているのでもなんでもなく、書き換えの為に必要な時間なのだ。
焦らず騒がず動ずることなく、余裕をもって静かに待つ。
人生のステージが変わる、その時を。

水滴が落ちて、水輪が広がる

心の隙間

私の人生、生かすも殺すも私次第。
その人生を、操縦するのは誰でもないこの私。

操縦席に座って、自分自身と向き合って、私の内側に聞いてみる。
ねえ、どうしたい？
本当はどうしたい？

世間がどうとか会社がどうとか親がどうとか、そういう外側はいっさい考えない。
自分の内側の正直な感情のみに聞いてみる。

ねぇ、本当はどうしたい？

しばらくすると、本当の自分がそぉ〜っと顔を出す。
そこで出てきた小さな自分をすくい上げる。

深い部分に隠れていた自分が本当に望んでいること。
それをまずは受け入れて、そして叶えてあげる。
するとまるで、心の隙間が埋められるように、
欠けていた部分が少しずつ満たされていく。
そして気づいたら、いつの間にか、
自分に優しくなっている自分がいる。

満たす

何をしていても私は私。
どこにいても私は私。
誰といても私は私。

その私を変えられるのは私しかいない。

なりたい自分、魅力的な自分。
そうなった自分をイメージして過ごしてみる。
食べるもの、着るもの、話し方やしぐさまで。
そう、望むイメージに沿うように行動してみる。
ゲーム感覚で遊んでみる。

するといつの間にか、

自然とそうなっている自分に気づく。
無意識にも、
なりたかった、憧れの自分がそこにいる。
自分を満たせば満たすほど、しあわせの量が増えていく。
そんなつもりはなかったのに、
満たされた気分でいるだけで、奇跡が起こる。

カメリア

それはふとした時にやって来る。
目が覚めてぼんやりしている時だったり、歩いている途中だったり、
窓の外を眺めながらコーヒーを飲んでいる時だったり。

閃きのような言葉が降りてくる。

以前私は、探し物をしていた。
ずっと欲しかったけれど、どうしても手に入らなかった一冊の本。

ある時、
白い花、と一言だけ伝言を受け取った。
そのあと間もなく、
あんなに探していたのに出会えなかったその本が、
今は私の手元にある。

本の表紙は、ブラックドレスを着ている女性の写真。
よく見ると、ウエストのベルト部分にカメリアを付けている。

カメリアの白い花。

それはいつも、小さな声で気まぐれにやって来る。
その降りてくる言葉を、その瞬間を逃さないように、
静かなひとり時間を大事にしている。

時間旅行

私は時々、小さい頃の自分に会いに行く。
時間の扉を開けるといつも、
真っ暗な中で、ふんわりスポットライトが当たっているようなその中に、
三歳くらいの自分がいる。
前かがみにしゃがんで、一生懸命に足元の土を掻き集めている。
丸まったその小さな身体からは無垢なエネルギーを放ち、
静かな息づかいは力強く聞こえてくる。

その小さな自分に静かにそっと寄り添って、話しかける。

安心してね、大丈夫だから。
好きなだけ遊んでいていいんだよ。
ひとりじゃないからね、ずっとずっと一緒だよ。
また来るからね、じゃあね。

こんな風に時々、
小さな自分に会いに行く。

話しかけたそのあとには、
まるで自分が自分に包み込まれるような、
あたたかくて柔らかな抱擁感。
そして、
壊れそうなほどに純粋無垢な、その小さな自分へ、
震えるほどに込み上げてくる愛おしい気持ちしか残らない。

それは、
言葉では伝えきれないほど。

すべてが満たされる。

遊ぶように生きる

人生ゲーム

世の中にはいろんな人がいる。

ケチケチ星人、ぐちぐち星人、マウント星人、あげたらキリがない。


昔、人生ゲームでよく遊んだ。ルーレットを回して出た数の分、いろんな人生を体験していく擬似体験ゲーム。億万長者になった時には飛び跳ねて大喜びしたものだ。

この人生ゲームに、アウトコース、インコースとやらがあったら面白い。

人生の外側で起こるアウトコースと、内側で感じるインコースを、行ったり来たりしながら様々な気づきを得て、魂の成長と共にそれぞれのパラレルを移動し進んで行く。

そして望みの最終地点に辿り着けたら、めでたくゴール！


人生は複雑そうに見えて実はとってもシンプル。思考が邪魔をしているだけだよ。

そんな気づきのあるゲームになったら面白い。

次元を超えた世界を擬似体験できる、人生ゲームパラレルワールド宇宙版。

そんなバージョンがあったら、ぜひ遊んでみたい。

テーマパーク

人はそれぞれ生まれる前に、自分の人生のテーマを決めてくるらしい。

本当はどうなのか知る由もないが、
だとするならば、その人生は自らが選んだ人生だ。

喜んだり悲しんだり、苦しんだりもがいたり、
それらの喜怒哀楽をわざわざ体感しにきている自分を、ちょっと上から覗いてみる。
上がったり下がったり、ぐるぐる回ったり空を飛んだり、まるでそれは遊園地のジェットコースター。

決めた人生のテーマを一生懸命全うしようと必死になっている、そんな自分の姿が、
とても愛おしい存在に見えてくる。
ご苦労さまと声をかけたくなる。偉いね、よく頑張ってるねって、励ましの言葉をかけてあげたくなる。

自ら選んだ人生のテーマだ。
ひといちばい愛して、感謝して、テーマパークを楽しもう。

実験

生きやすくするためのコツやアイデアは、そこここに沢山散りばめられている。

誰でも持っているもの。
だからとってもシンプル。

それは、
感じることを感じたままに実験してみる。
やりたいと思うことを素直にやってみる。
流れに沿って、抗わず、面白がりながら試してみる。

すると、
気持ちが軽くなって、すぅ〜っと解放されるような瞬間がある。
その感覚の繰り返し。
そうしているうちに何故か不思議と、いろんな事がスムーズに運ばれていく。

遊び心の密かな実験。
その小さな体験からたくさんの価値を得る。
感じることを感じたままに面白がる。
その小さな感動のひとつひとつが積み重なって、
やがてそれは、大きな豊かさへと繫がっていく。

人生が色付いてくる。

望むように生きる

望む世界

喜びや楽しみを感じれば、喜びや楽しみのエネルギーを放ち、
喜びや楽しみを感じる現実　が体験できる。

不安や怒りを感じれば、不安や怒りのエネルギーを放ち、
不安や怒りを感じる現実　が体験できる。

感情の選択で体験する現実は変えられる、
想像が創造に繋がる体験ツアー。
どちらを選ぶかで行き先が変わっていく。
何を感じたいかを決めるのは、自分自身。

人生は選択の連続。
どちらを選んだとしても、そこに良し悪しの答えはない。
その先には、望む世界が広がっている。

輝く未来

昭和が努力、根性なら、
令和は努力しない、頑張らない。
そして未来は？
男も女も、良いも悪いも、勝った負けたもない、
これまでの常識が常識でなくなる世界。

望めばいつでも宇宙と繋がる。
意図すればいつでも次元を超えて旅ができる。
次元を超えた先の美しい世界。
そこは、
夜空に輝く星のように、
希望と愛が溢れている。

望む未来

人生ゲームの最終地点。
最後の砦に居座るラスボスと向き合う時が来る。
その砦をクリアーしない限りゲームは終わらない。

手強いラスボス。
どう向き合っていくのかは自分次第。
戦うのか、逃げるのか、放置という手もある。
が、攻略法はそれだけではなかった。

戦うでもなく逃げるでもなく放置するでもなく、
ラスボスの存在を素直に認めて、そして受け入れる。
自分の心に気づき、そこに許可を出す。
自分に素直に生きる、ただそれだけ。

最後の砦をクリアーしたその先には、
恐れや不安から解放された自分がいる。
なにものにも縛られず、もっと自由に輝く自分がいる。
望む未来がそこにある。

最終章 ―― 最後の砦

私にとっての人生ゲームの最終地点。
最後の砦に居座るラスボスと向き合う時が来た。
私が今まで傷つくまいと、ずっと守り続けてきた砦。私の中に居座るラスボス。

誰もが抱える、けれど自分のそれが一番大きいと思う、自分の中の重たい感情。それぞれが抱えているものは、その大きさや重さを比べることなど決してできるものではありません。それを人に打ち明けたとして、どれほど伝わるのでしょう。逆に喪失感や孤独感を感じてしまうことさえあります。相手も自分もどちらも悪くないのに。

繊細なものほど実は厄介なものなのです。だから到底人に説明などできるものではありません。自分の取り扱いすら上手くできないのに、誰かにすべて分かってもらえるはずもないのです。
ならば自分に相談しよう、打ち明けてみよう、今まで傷つくまいと言葉にするのを避けてきた本当の自分の部分をさらけ出そう。

そう思い、書くことを始めた「自分との対話」。

感じたことを感じたままにツラツラと走り書く、そうしているうちに不思議だけれど、自分の中で変化が起こりはじめました。
自分と向き合って、自分の内側の本当の自分と対話することで、心に沈む、見て取れない小さなカケラを救い出せるのは自分しかいないのだ、という思いにやっと辿り着けた気がします。
恥ずかしい自分も、悪態の自分も、どんな自分も良し。すべて丸ごと受け入れる。それをしてあげられるのは誰でもない自分自身なのだと。

人生にはいろんなことが起こります。良いこともそうでないことも予期せぬ想定外のことなども、自分の意思に反して容赦無くやって来ます。生まれ落ちた環境や親子関係も同じく、容姿や能力もしかり。好き好んで自ら選択したわけでもないのに。

そんな呪縛のような思考にも変化が現れました。

この不条理な現実には何か意味があるはず！
と、物事に対する捉え方が変わったのです。決して無くなることなどないだろうと思い込んでいた自身のコンプレックスにも、変化が現れました。

自分との対話を重ねていくうちに、心の奥底にある頑なな塊のようなものが、少しずつ人肌のように温まり柔らかく溶けていく感覚。そして、マイナスとばかりに思い込んできた負の感情達が、その色と形を変えていきいきと息づいてくる。
そんな変化が私の内側で静かに始まりました。

起こることの全ては贈り物だよ。
だから、その全てに感謝しながら、この人生を味わおうよ。

そう呟く自分が今、ここにいます。

人生ゲームの最後の砦。
向き合うラスボスは他の何者でもなく、本当の自分だったと気づいた今、ずっと封印されてきた扉が、やっと開いたように感じています。

今回の出版にあたって

人生は選択の連続。どちらを選ぶかで行き先が変わっていく。それはまるでゲームのようだと思い、本のタイトルとしました。

間違ったり失敗したりの繰り返しで思い通りにはなかなかいかない。けれどそこには何かしらの気づきがあるし、必ず意味があると思っています。

人の振り見て我が振り直せとありますが、自分の人生を、人の人生のように俯瞰して見てみると、今まで見えなかったものが見えてくる。

捉え方を変えるだけで、視点を変えるだけで、面白いほど人生は生きやすくなる。

そんなことを、自身の体験をもとに、感じたまま、テーマを括って表現しました。

人はそれぞれ、言葉では説明のできない様々な感情を持っています。

気分を明るくするポジティブな感情もあれば、反対に気持ちを暗くするネガティブな感情も、そのどちらも併せ持っています。

私の中にあるポジティブと、反対側で燻るネガティブな感情。そこに向き合って、私の内側にいる正直な自分を認めて受け入れていく「自分との対話」を始めてから、私の中でいろいろな変化が起こりはじめました。

私には、幼少期に皮膚移植の手術を受けた時の傷跡があります。それが物心ついた頃からのコンプレックス。その重たい感情とずっと付き合っていくのだろうと思っていましたが、捉え方を変えるだけで物事の見え方も変わってくる、そう気づいた時からその感情にも変化が現れました。

陰の部分にも光を当ててあげることで、今まで見えなかったものが見えてくる。ネガティブを要らない感情とばかりに思ってきたけれど、もしかしたら人の痛みを分かることのできる感情なのかもしれない。私の内側をもっと豊かなものにしてくれる尊いものなのかもしれない。

内側に生まれてくる無意識の感情、喜びや悲しみ、不安や恐れ、怒りといった、ありとあらゆる感情達が、混ざり合いながらも少しずつ深みを増し、人は知らず知らずに強くなっているのかもしれない。
それはまるで夜が明ける時のように、いつしか弱さが強さに変わる時、涙が微笑みに変わる時、人は本当の意味で、優しくなれるのかもしれない。

生きている限り、人は皆、瞬間、瞬間を選択しながら様々な人生を歩んでいく。それはもしかして、本当の自分に会いに行く旅なのかもしれません。本当の自分の家に帰るまでの道のりを、寄り道しながら楽しんでいるのかもしれません。そんな風に人生を捉えられたら、面白いかもしれません。

本のカバーデザインを手掛けてくれたピュアでユニークな夫に、穏やかで優しい兄に、いつも見守ってくれている姉に、そして今回の出版にお力添えくださった出版社の方々に感謝いたします。

最後に、ここまで読んでくださった読者の方々にも心より感謝いたします。

著者プロフィール

瑠菜（るな）

東京都在住。
蔵の街栃木、黒塀沿いに巴波川が流れる穏やかな土地に生まれる。
猫好き。

人生ゲーム

2024年９月15日　初版第１刷発行

著　者　瑠菜
発行者　瓜谷 綱延
発行所　株式会社文芸社
〒160-0022　東京都新宿区新宿１－10－１
電話　03-5369-3060（代表）
03-5369-2299（販売）

印　刷　株式会社文芸社
製本所　株式会社MOTOMURA

ISBN978-4-286-25668-9